AMADO NERVO

EL ÁNGEL CAÍDO

AMADO NERVO

EL ÁNGEL CAÍDO
y otros relatos

**Prólogo de
Vicente Leñero**

El Ángel Caído
Amado Nervo

D.R. © Editorial Lectorum, S.A. de C.V., 2006
Centeno 79-A, Col. Granjas Esmeralda
C.P. 09810, México, D.F.
Tel.: 55 81 32 02
www.lectorum.com.mx
ventas@lectorum.com.mx

L.D. Books
8313 NW 68 Street
Miami, Florida, 33166
Tel. (305) 406 22 92 / 93
ldbooks@bellsouth.net

Primera edición: julio de 2006
ISBN: 970-732-171-7

D.R. © Prólogo: Vicente Leñero

Impreso y encuadernado en México
Printed and bound in Mexico

La clásica fotografía de Amado Nervo lo muestra como un hombre consciente de su propia importancia. La mano izquierda en la cara, los dedos índice y medio, verticales sobre la mejilla; el anular y el meñique doblados contra el mentón. Presume un anillo espectacular y está mirando a la cámara. La frente ancha anuncia la calvicie; ya no lleva el bigote porfiriano de su juventud.

Muchos otros escritores mostrarían después, en sus poses, ese mismo gesto que proporciona al personaje del retrato un aire de intelectualidad. Eso era Amado Nervo: un intelectual; pero no de los que se encierran en la estrecha torre de marfil, sino de los que se aproximan generosos al lector común para conmoverlo.

La poesía de Nervo llegó a todo el mundo. Fue escrita en los últimos años del siglo XIX y en las primeras décadas del siglo XX. Durante prolongados lustros sus poemas fueron memorizados por los lectores inoculados de rimas consonantes y por recitadores en tertulias y fiestas. Aún los viejos declaman en la provincia su *Garrik*, su *Vida, estamos en paz*, su *Pasó con su madre, qué rara belleza*, su *Kempis, Kempis...* y varios de sus versos *Gratia plena* se convirtieron en canciones románticas.

Como Federico Gamboa, y luego Alfonso Reyes, Octavio Paz, José Gorostiza, Jaime García Terrés, Hugo Gutiérrez Vega y tantísimos otros, Amado Nervo pertenece a la estirpe de poetas que ocuparon cargos diplomáticos en el extranjero, y fuera del país escribieron buena parte de su obra.

Cuando era embajador de México en Montevideo —después de serlo en Roma y Buenos Aires— Nervo murió a los cuarenta y ocho años. Hoy la consideraríamos una muerte prematura —lo fue sin duda—, pero en su célebre elegía "En paz" él hablaba de "Muy cerca de mi ocaso, yo te bendigo, vida..." y rendía cuentas a Dios de su satisfactoria existencia: "¡Vida, nada me debes!, ¡vida estamos en paz!"

Meses antes había escrito un doloroso libro, *La amada inmóvil*, para rememorar la pérdida de su compañera, Ana Cecilia Luisa Daillez, con la que vivió once años y a quien sorprendió una súbita muerte por tifoidea. Ya con Ana se sentía viejo, ¡a los cuarenta!: "Ya tramonta mi vida, la tuya empieza..."

La muerte de Nervo significó toda una tragedia para amigos y admiradores, para autoridades y miembros del mundo intelectual. Mientras Federico Gamboa exclamaba: "se van los que nos honran y quedan muchos que nos deshonran". El traslado de sus restos de Montevideo a ciudad de México, y su fastuoso entierro en la Rotonda de las Personas Ilustres, convocó multitudes olvidadas de pronto de los avatares de la guerra revolucionaria. Ni Pedro Infante, ni Jorge Negrete, ni Cantinflas —señala Carlos Monsiváis—, recibieron tan extraordinaria despedida.

Los críticos clasifican a Nervo dentro de la generación de los modernistas, junto con Rubén Darío y Gutiérrez Nájera. Y eso es evidente. Su afrancesamiento terminológico, su proclividad a salpicar los textos de neologismos, de expresiones arcaicas, de palabras en desuso convertidas en domingueras, puebla no sólo sus poemas sino el núcleo mismo de su prosa.

Siendo tan conocida, la poesía de Amado Nervo sólo ocupa una tercera parte de la totalidad de su obra —recuerda Manuel Durán—. Los dos tercios restantes están consagrados a la prosa que va desde ensayos, crónicas, artículos y reflexiones, hasta novelas cortas y cuentos. Su primer libro es, por cierto, una novela, *El bachiller*, publicada en 1896, cuando Nervo tenía veintiséis años de edad.

En su crónica biográfica sobre Nervo, *Yo te bendigo, vida*, Carlos Monsiváis desmerece la narrativa del nayarita. Del tropel de relatos y estampas rescata, si acaso, novelas cortas como *Pascual Aguilera*, *El domador de almas*, *La última guerra...*

Sin embargo, los cuentos ofrecen, incuestionablemente, un estimable alarde de versatilidades que hace sentir el potencial prosístico del autor. En ellos, Nervo

9

va de la pintura verbosa de la realidad provinciana, a la construcción de mundos fantasiosos o de resonancias mitológicas. Y se vale más de regodeos literarios que de tramas complejas. Se diría que le importa, por encima de todo, el ejercicio del estilo y no tanto el afán por contar una historia tangible.

En algunos textos clasificados como cuentos —que también podrían llamarse estampas, reflexiones, viñetas— trae como visitantes algunas de las obsesiones de su poesía. Obsesiones típicamente modernistas, por lo que hace al léxico y a los escenarios del suceso ocurrido en el mundo de la antigüedad griega, romana, esotérica, aunque también en la Europa cosmopolita, en la Francia que tanto amó y admiró el escritor. Entre párrafos con frecuentes signos de admiración, abundan ahí pensamientos filosóficos y hasta teológicos. No hay, de hecho, la construcción de un narrador o de un punto de vista ajeno al narrador, algo que ya preocupaba a los escritores del XIX. Es el autor el verdadero narrador de estas visiones, a pesar de que por momentos el yo que habla haya surgido de un desdoblamiento o de un ocultamiento un tanto ingenuo del escritor.

La fantasía es tema recurrente en sus cuentos de misterio donde abundan lo ángeles y los seres etéreos con reminiscencias de los cuentos de hadas; sin serlo estrictamente, desde luego.

Nervo muestra siempre, sin embargo, una espléndida libertad para escribir. Su imaginación incursiona en

10

atmósferas gratas a Edgar Alan Poe, o concepciones ambientales por las que escritores como Virginia Woolf o Isak Dinesen transitarían después, quizá con más rigor.

El narrador omnisciente de Nervo no tiene empacho en detenerse a reflexionar o hacer consideraciones morales; tampoco a describir morosamente un paisaje —entrevisto como en un trozo de poesía—, o a extraer de una vida de ficción, una moraleja o una enseñanza universal. Nervo piensa mientras escribe, y mientras escribe se solaza en la prosa alambicada, en el ejercicio estilístico admirable por su enorme destreza.

En sus cuentos de provincia, que hacen pensar en las acuarelas de un paisajista, la narrativa de Nervo establece importantes contrastes con una prosa nostálgica de poesía. Lo poético nunca desaparece del todo, pero domina entonces, con la precisión del naturalismo, con la potencia del recurso realista que se vale de diálogos verosímiles, la voluntad autoral de regresar al mundo de su infancia o su adolescencia. Así es como rescata recuerdos y personajes, conflictos que vivió, escuchó o imaginó en otro tiempo. Entonces sí la memoria idílica de Nervo se preocupa por las historietas y teje con ellas, con sus personajes, tramas afines al universo de Gutiérrez Nájera, de Rafael Delgado. Para quien siente aún aquella "tristeza reaccionaria", para quien vive "tierra adentro", estos relatos hacen pensar en los cuentos de los narradores orales, y como tales se disfrutan con toda su compleja sencillez. Asombra también en ellos la facilidad y la libertad de Amado Nervo para ejercer su oficio.

Este libro que intenta recoger, con respeto y con paciencia, distintas acepciones de la cuentística del célebre poeta nayarita, es una muestra palpable de la obra de un hombre que hizo de la literatura una forma de respirar, una manera de vivir profundamente.

La novia de Corinto

Había en Grecia, en Corinto, cierta familia compuesta del padre, la madre y una hija de dieciocho años.

La hija murió. Pasaron los meses y habían transcurrido ya seis, cuando un mancebo, amigo de los padres, fue a habitar por breves días la casa de éstos.

Diósele una habitación relativamente separada de las otras, y cierta noche llamó con discreción a su puerta una joven de rara belleza.

El mancebo no la conocía; pero seducido por la hermosura de la doncella, se guardó muy bien de hacerle impertinentes preguntas.

Un amor delicioso nació de aquella primera entrevista, un amor en que el mancebo saboreaba no sé qué sensación extraña, de hondura, de misterio, mezclados con un poco de angustia...

La joven le ofreció la sortija que llevaba en uno de sus marfileños y largos dedos.

Él la correspondió con otra...

Muchas cosas ingenuas y suaves brotaron de los labios de los dos.

En la amada había un tenue resplandor de melancolía y una como seriedad prematura.

En sus ternuras ponía ella no sé qué de definitivo.

A veces parecía distraída, absorta, y de una frialdad repentina.

En sus facciones, aun con el amor, alternaban serenidades marmóreas.

Pasaron bastante tiempo juntos.

Ella consintió en compartir algunos manjares de que él gustaba.

Por fin se despidió, prometiendo volver la noche siguiente, y fuese con cierto ritmo lento y augusto en el andar...

Pero alguien se había percatado, con infinito asombro, de su presencia en la habitación del huésped: este alguien era la nodriza de la joven; nodriza que hacía seis meses había ido a enterrarla en el cercano cementerio.

Conmovida hasta los huesos, echó a correr en busca de los padres y les reveló que su hija había vuelto a la vida.

—¡Yo la he visto! —exclamó.

Los padres de la muerta no quisieron dar crédito a la nodriza; mas para tranquilizar a la pobre vieja, la madre prometió acompañarla a fin de ver la aparición.

Sólo que aún no amanecía. El mancebo, a cuya puerta se asomaron de puntillas, parecía dormir.

Interrogado al día siguiente, confesó que, en efecto, había recibido la visita de una joven, y mostró el anillo que ella le había dado a cambio del suyo.

Este anillo fue reconocido por los padres. Era el mismo que la muerta se había llevado en su dedo glacial. Con él la habían enterrado hacía seis meses.

—Seguramente —dijeron— el cadáver de nuestra hija ha sido despojado por los ladrones.

Mas como ella había prometido volver a la siguiente noche, resolvieron aguardarla y presenciar la escena.

La joven volvió, en efecto... volvió con su extraño ambiente de enigma...

El padre y la madre fueron prevenidos secretamente, y al acudir reconocieron a su hija fenecida.

Ella, no obstante, permanecía fría ante sus caricias.

Más aún, les hizo reproches por haber ido a turbar su idilio.

—Me han sido concedidos —les dijo— tres días solamente para pasarlos con el joven extranjero, en esta casa donde nací... Ahora tendré que dirigirme al sitio que me está designado.

Dicho esto, cayó rígida, y su cuerpo quedó allí visible para todos.

Fue abierta la tumba de la doncella, y en medio del mayor desconcierto de los espíritus... se la encontró vacía de cadáver; sólo la sortija ofrecida al mancebo reposaba sobre el ataúd.

El cuerpo —dice la historia— fue trasladado como el de un vampiro, y enterrado fuera de los muros de la ciudad, con toda clase de ceremonias y sacrificios.

Esta narración es muy vieja y ha corrido de boca en boca entre gentes de las cuales ya no queda ni el polvo.

La señora Croide la recogió, como una florecita de misterio, en su libro *The Night Side of Nature*.

Confieso que a mí me deja un perfume de penetrante poesía en el alma.

Vampirismo... ¡no! Suprimamos esta palabra fúnebremente agresiva, e inclinémonos ante el arcano, ante lo incomprensible de una vida de doncella que no se sentía completa más allá de la tumba.

Pensemos con cierta íntima ternura en esa virgen que vino de las riberas astrales a buscar a un hombre elegido y a cambiar con él el anillo de bodas...

El héroe

Acababa de llegar aquella mañana a la línea de fuego.

Tenía el aspecto cansado; la fisonomía, grave y triste.

Aun cuando hablaba el francés sin acento, en su rostro, patinado por soles ardientes, traía el sello de su origen lejano.

Cuando el coronel pidió un hombre resuelto que se adelantara en pleno día hasta las trincheras enemigas y, por medio de un teléfono de campaña, le diese determinados informes (en aquel momento preciosos), él se ofreció, con cierta nerviosidad, antes que nadie.

Avanzó lentamente, reptando.

El llano interminable, escueto, glacial, sin accidentes, no ofrecía refugio ninguno.

Se concebía con pena que aquella desolación tan hosca escondiese en su seno más de dos millones de seres jóvenes, robustos; más de dos millones de vidas, de actividades, de anhelos, ahora ocupados únicamente en destruirse.

Después de un interminable arrastrarse, el hombre aquel llegó al fin a las alambradas del enemigo. Nadie lo había visto. La niebla lo ayudaba. Preparó el teléfono y púsose a comunicar sus observaciones.

Cumplida su misión, volvió hacia los suyos, con muchas menos preocupaciones, como si, hecho el deber, la vida no tuviese ya para él ninguna importancia.

Los alemanes lo habían visto y dispararon sobre él, inútilmente, muchas balas.

Sus compañeros lo felicitaron por el éxito pleno de la pequeña empresa.

Él fue a meterse silenciosamente en su agujero.

Desde aquel día, en cuantas comisiones había peligro, él se ofrecía, taciturno, pero con no sé qué resolución premiosa.

Muchas veces se le hizo el honor de enviarle a sitios donde era temeridad permanecer cada segundo.

Pero la muerte parecía desdeñarle. Al volver, se le felicitaba siempre, y en una ocasión le prendieron en el pecho la medalla del Mérito Militar.

Sin embargo, las enhorabuenas y los aplausos se hubiera dicho que le contrariaban, y que le pesaba en el alma aquella indemnidad milagrosa.

Un día, en cierto repliegue, después de reñido contraataque, el coronel de su batallón quedó herido, cerca de las trincheras alemanas.

Lo dejaron inadvertidamente en el campo.

Se retorcía, con las piernas rotas, sin quejarse.

El hombre taciturno avanzó en medio de un chaparrón de proyectiles, impasible. Cogió al jefe en brazos y lentamente echó a andar hacia su trinchera.

Llegó con su carga adonde quería, pero con tres balas en el cuerpo.

Momentos después, moría apaciblemente.

Antes de enterrarlo, un compañero, por orden del oficial, registró sus bolsillos, a fin de enviar a su familia papeles, recuerdos.

Se le encontró una carta de América, una carta breve, despiadada en su concisión.

Amigo mío —decía la carta—: Tú me pediste siempre franqueza, aun cuando fuese brutal, según tus palabras. Ha llegado el momento de usarla.

Hace tiempo comprendiste, con razón, que yo no te amaba, que me casé contigo obligada por circunstancias dolorosas. Pero ignorabas quizá que amo a otro hombre con toda mi alma, con todas mis fuerzas... Pienso que la distancia es oportuna acaso para amortiguar el golpe que te doy... llorando, porque no soy mala, pero impulsada por un destino todopoderoso. No te pido que me perdones, porque yo en tu caso no perdonaría... pero sí que procures olvidar.

El "héroe" había muerto de esa carta, desde antes que lo mataran las balas alemanas.

El propio día que la recibió, alistose como voluntario, pidiendo insistentemente que lo enviasen a la línea de fuego. Quería caer sirviendo a la tierra francesa, hospitalaria y bella.

Le costó trabajo lograr su deseo. Morir es a veces muy difícil. La inconsciencia perenne que solemos anhelar en nuestros momentos de cansancio y de tedio, es una formidable concesión del Destino, escatimada avaramente a los que la necesitan y no quieren recurrir a la vulgaridad del suicidio.

El dolor con plena conciencia, constituye quizá una colaboración misteriosa para los designios escondidos del Universo.

El oficial a quien entregaron la carta, después de leerla él solo, la rompió en menudos pedazos.

—Es un papel sin importancia —dijo.

Piadosamente había pensado, en un momento de lucidez cordial, que convenía dejar intangible aquella heroicidad falsa, aquella heroicidad que no había sido más que romántica desesperación, como tantas otras heroicidades, y propuso que, sobre la sencilla cruz a cuyo amparo iba a dormir el extranjero taciturno, se pusiese esta inscripción, que los soldados de la compañía encontraron enigmática:

"Amó y murió heroicamente"

El horóscopo

La quiromántica extendió las cartas.

—Veo aquí —dijo— un hombre rubio, que no le quiere a usted.

—Un hombre rubio... bueno, sí —respondió mi amigo, después de una pausa, durante la cual se puso a pensar en los hombres rubios que conocía. Y acercándose a mi oído:

—Ha de ser Pedro —me cuchicheó—; la verdad es que nunca me ha querido bien...

Añadió la hechicera:

—Un hombre rubio... joven.

Afirmó mi amigo:

—¡Claro! ¡Pedro...!

La hechicera volvió a extender las cartas en abanico, después que mi amigo las hubo partido.

—Aquí hay una mujer que piensa en usted —dijo.

—Una mujer que piensa en mí...

—Sí, una mujer de cierta edad, de estatura mediana.

—Ya, ya caigo: ¡mi hermana María!

—Probablemente: es una señora vestida de negro. (Mi amigo lleva luto.)

—¡Eso es, mi hermana!

Vuelta a cortar las cartas y a extenderlas:

—Trae usted un negocio en manos: un negocio que le interesa...

—¡Sí, sí; continúe usted!

—Se le presentan algunas dificultades... Veo aquí una, sobre todo. Pero las vencerá usted al fin. Hay que tener paciencia.

Mi amigo sonríe satisfecho.

—¡Admirable! —me murmura al oído.

—Hay que tener paciencia —repite la hechicera— y cuidarse del hombre rubio.

—¡Muy bien! ¡Muy bien!

—Tendrá usted, además, que hacer un largo viaje por mar. (La hechicera sabe que mi amigo es americano.) Ya ha hecho usted algún viaje de éstos, penoso por cierto... El que tiene usted que hacer no dejará de serlo; pero llegará usted con bien.

Vuelve a cortar los naipes y a extenderlos.

—Veo aquí a un hombre que se interesa por usted. Está pensando en escribirle...

—¡Espléndido! —exclama mi amigo—; debe ser Antonio.

—Veo, además, una herencia en el porvenir... No puedo decirle de cuánto, ni sé si es precisamente una herencia. Pero, en fin, las cartas hablan de dinero.

Mi amigo sonríe encantado.

—Ya basta de cartas. ¿Cuándo nació usted?

—El doce de agosto de mil ochocientos setenta y tres.

—¡Magnífico! No pudo usted nacer bajo mejores auspicios... Déme usted la mano (examinándola). Tiene usted un carácter generoso... Una inteligencia despierta, lúcida... Ama usted lo bello. Las mujeres le prefieren (aunque a veces por pudor tengan que ocultarlo). Veamos la línea de la vida: es firme, segura, prolongada. Vivirá usted... ¡Ah!, aquí veo un pequeño surco transversal... ¡Accidente! ¡Posibilidad de accidente! Atienda usted a sus piernas, a su corazón y a su cabeza... Por allí puede venirle algún mal... También está usted expuesto a enamorarse... ¡Cuidado! Es usted hombre que haría una locura... Por lo demás, las líneas todas son tranquilizadoras, menos la del accidente... Tenga usted cuidado en los viajes. Se trata de un accidente que puede ocurrirle en un viaje... Sólo que, a juzgar por lo incierto y débil de la línea, es accidente evitable.

La quiromántica sonríe:

—El horóscopo de usted es fácil y claro —concluye—. Nació usted bajo una favorable conjunción de astros.

Mi amigo se despide embelesado, dejándole dos luises.

—¡Estupefaciente! —exclama al salir.

Yo sonrío... como la quiromántica, y le digo:

—Cierto que, según afirma Carlos Nordmann, no puede caer sobre la tierra de un jardín el pétalo de una rosa sin que se altere el ritmo de la estrella Sirio... Pero

no hay duda tampoco de que no urge ir hasta Sirio
para hacer horóscopos como los de una mujer...

—¿No son acaso de una sorprendente sencillez?

—¡Ya lo creo!

—Y cuánta verdad encierran, ¿eh?

—¡Ya lo creo! ¡Ya lo creo!

La yaqui hermosa
(sucedido)

Los indios yaquis —casta de las más viriles entre los aborígenes de México— habitan una comarca fértil y rica del estado de Sonora; hablan un raro idioma que se llama el "cahíta" (perteneciente al grupo lingüístico mexicano-ópata); son altos, muchas veces bellos, como estatuas de bronce, duros para el trabajo, buenos agricultores, cazadores máximos... y, sobre todo, combatientes indomables siempre.

Su historia desde los tiempos más remotos, puede condensarse en esta palabra: guerra.

Jamás han estado en paz con nadie. Acaso en el idioma cahíta ni existe siquiera la palabra "paz".

Pelearon siempre con sus vecinos, así se llamaran éstos chichimecas, apaches, soldados españoles o soldados federales.

No se recuerda época alguna en que los yaquis no hayan peleado.

De ellos puede decirse lo que de Benvenuto Cellini se dijo: "que nacieron con la espuma en la boca", la espuma de la ira y del coraje.

La historia nos cuenta que Nuño de Guzmán fue el conquistador que penetró antes que nadie en Sinaloa y Sonora, y llevó sus armas hasta las riberas del Yaqui y del Mayo. El primer combate que los yaquis tuvieron con los españoles fue el 5 de octubre de 1535. Comandaba a los españoles Diego Guzmán, y fueron atacados por los indios, que en esta vez resultaron vencidos, pero tras un combate muy duro. Los españoles afirmaron después que nunca habían encontrado indios más bravos.

Con antelación, a manos de los yaquis habían perecido Diego Hurtado de Mendoza y sus compañeros, quienes desembarcaron osadamente en la costa de Sonora.

La lucha en serio con los indios empezó en 1599, siendo capitán y justicia mayor don Diego Martínez de Hurdaide. Desde entonces esta lucha ha continuado sin cesar.

Recientemente el gobierno federal inició una nueva acción contra las indomables tribus, y para dominar su tenacidad bravía, casi épica, hubo de recurrir a medidas radicales: descepar familias enteras de la tierra en que nacieron, y enviarlas al otro extremo de la república, a Yucatán y Campeche especialmente. Lo que el yaqui ama más es su terruño. La entereza de raza se vio, pues, sometida a durísima prueba.

En Campeche los desterrados fueron repartidos entre colonos criollos, que se los disputaban ávidamente, dada la falta de brazos de que se adolece en aquellas regiones para las faenas agrícolas.

Un rico terrateniente amigo mío,[1] recibió más de cien indios de ambos sexos.

Separó de entre ellos cuatro niñas huérfanas Y se las envió a su esposa, quien hubo de domesticar a fuerza de suavidad sus fierezas. Al principio las yaquitas se pasaban las horas acurrucadas en los rincones. Una quería tirarse a la calle desde el balcón. Negábanse a aprender el castellano, y sostenían interminables y misteriosos diálogos en su intraducible idioma, o callaban horas enteras, inmóviles como las hoscas piedras de su tierra.

Ahora se dejarían matar las cuatro por su ama, a la que adoran con ese fiel y conmovedor culto del indígena por quien lo trata bien.

Entre los ciento y tantos yaquis, sólo una vieja hablaba bien el castellano. Era la intérprete.

Cuando mi amigo los recibió, hízolos formar en su hacienda, y dirigióse a la intérprete en estos términos:

—Diles que aquí el que trabaje ganará lo que quiera. Diles también que no les tengo miedo. Que en otras haciendas les vedan las armas; pero yo les daré carabinas y fusiles a todos... porque no les tengo miedo. Que la caza que maten es para ellos. Que si no trabajan, nunca verán un solo peso. Que el Yaqui está muy lejos, muy lejos, y no hay que pensar por ahora en vol-

---

1. Don José Castellot, al cual debo este relato.

ver... Que, por último, daré a cada uno la tierra que quiera: la que pueda recorrer durante un día.

—¿De veras me darás a mí toda la tierra que pise en un día? —preguntó adelantándose un indio alto, cenceño, nervioso, por medio de la intérprete.

—¡Toda la que pises! —le respondió mi amigo.

Y al día siguiente, en efecto, el indio madrugó, y cuando se apagaba el lucero, ya había recorrido tres kilómetros en línea recta, y en la noche ya había señalado con piedras varios kilómetros cuadrados.

—Todo esto es tuyo —le dijo sencillamente el propietario, que posee tierras del tamaño de un pequeño reino europeo.

El indio se quedó estupefacto de delicia.

Diariamente iba mi amigo a ver a la indiada, y la intérprete le formulaba las quejas o las aspiraciones de los yaquis.

Un día, mi amigo se fijó en una india, grande, esbelta, que tenía la cara llena de barro.

—¿Por qué va esa mujer tan sucia? —preguntó a la intérprete.

Respondió la intérprete:

—Porque es bonita; dejó el novio, en su tierra y no quiere que la vean los "extranjeros".

La india, entretanto, inmóvil, bajaba obstinadamente los ojos.

—¡A ver! —dijo mi amigo—, que le laven la cara a ésta. ¡Traigan agua!

Y la trajeron y la intérprete le lavó la cara.

Y, en efecto, era linda como una Salambó.

Su boca breve, colorada como la tuna; sus mejillas mate, de una carnación deliciosa; su nariz sensual, semiabierta; y, sobre todo aquello, sus ojos relumbrosos y tristes, que no acababan nunca, negros como dos noches lóbregas.

El colono la vio, y enternecido le dijo:

—Aquí todo el mundo te tratará bien, y si te portas como debes, volverás pronto a tu tierra y verás a tu novio.

La india, inmóvil, seguía tenazmente mirando al suelo, y enclavijaba sus manos sobre el seno; un seno duro y atejado que se adivinaba como de gutapercha a través de la ajustada camisa.

Mi amigo dio sus instrucciones para que la trataran mejor que a nadie.

Después partió para México.

Volvió a su hacienda de Campeche al cabo de mes y medio.

—¿Y la yaqui hermosa? —preguntó al administrador.

—¡Murió! —respondió éste.

Y luego, rectificando:

—Es decir, se dejó morir de hambre. No hubo manera de hacerla comer. Se pasaba los días encogida en un rincón, como un ídolo. No hablaba jamás. El

29

médico vino. Dijo que tenía fiebre. Le recetó quinina. No hubo forma de dársela. Murió en la quincena pasada. La enterramos allí.

Y señalaba un sitio entre unas peñas, con una cruz en rededor de la cual crecían ya las amapolas.

Una marsellesa

Entonces vivía yo en Mazatlán (occidente de México), en una casita de madera, en el paseo de las "Olas altas", con un hermano mío (que, fatigado prematuramente, se fue, a poco, de la vida), y con dos amigos: un mazatleco y un francés.

Este francés —creo que si vive aún, como lo deseo y espero, será ya rico— había ido al bello puerto nuestro del Pacífico como empleado de una gran casa importadora y se apellidaba Gorius.

Tendría a lo sumo en aquella época veintitrés años, y padecía nostalgias de París (donde hasta entonces había vivido y trabajado), tan grandes, tan hondas, que contagiaban los espíritus de sus amigos.

El mío no, porque ya de antaño estaba enfermo de lo mismo.

Yo siempre he tenido nostalgia de París.

A lo que parece, cuando nací, mi madre dijo a mis primas "que me habían traído de París". Después yo lo contaba a mis hermanos menores, que pretendían, a su vez, haber venido de diversas partes.

A uno lo habían traído de Londres, a otro de Nueva

York, a otro de la Gran China. Pero en cuanto a mí, todos sabían que me habían traído de París.

Y esto era cierto. Mi alma venía de Francia, no sé por qué caminos misteriosos, a través de quién sabe qué peregrinaciones oscuras.

Gorius y yo teníamos, por tanto, la misma nostalgia: sólo que la de él dimanaba de una separación reciente, y la mía de una ausencia de muchos años, quizá de muchos siglos.

¿No he dicho, por ventura, en alguna parte:

Que yo en mis plegarias alcé con el druida.
En bosque sagrado Velleda me amó;
fui rey merovingio de testa florida,
corona de hierro mi sien rodeó...?

En esto se aproximaba el 14 de julio, y la nostalgia de Gorius iba encrespándose e invadiéndole toda el alma.

Se acordaba de aquellos bailes populares en las plazuelas y encrucijadas; de aquellos bailes locos, en que julio fecundo, que hace más apetitosas a las mujeres, calentaba los corazones; de aquellos bailes estruendosos que pegan a los tristes la alegría de vivir.

Se acordaba de los desfiles radiantes de Longchamps.

Se acordaba del Luxemburgo en flor, de los plátanos y acacias joyantes y satinadas; de Saint Cloud, de Saint Germain y Fontainebleau, donde, en el silencio de los bosques centenarios, marchan las parejas enlazadas...

Se acordaba de la cinta moaré del Sena, que, en estío, rueda plácidamente sus ondas por entre palacios cercados de verdura, bajo penumbrosos puentes monumentales.

Se acordaba de las Tullerías asoleadas y vastas, donde ejércitos de niños juegan, al par que los simpáticos gorriones audaces, gnomos de París.

¿De qué no se acordaba Gorius...?

Y aquel pobre muchacho francés, casi perdido en la ciudad distante, donde había por cierto una colonia alemana nutrida y poderosa, era toda la Francia, como en los versos del Cyrano, el pífano que se plañía en el campamento era toda la Gascuña.

Tuve yo entonces, para regalar a mi amigo, una idea delicada y cordial.

La noche del 14 de julio, había en la bella plaza de Machado una serenata, de esas serenatas mazatlecas, que congregan a diario a las divinas porteñas, vestidas de blanco y olientes a jazmines, a mujer y a mar: trinidad invencible de aromas.

Fuime a ver al director de la orquesta, amigo mío, y le rogué que, cuando el paseo estuviese más animado, tocara *La Marsellesa*.

Él me lo prometió, y yo a buena hora me llevé a Gorius a la plaza, sin decirle una palabra de mi proyecto.

Hablábamos, como siempre, de París.

Su nostalgia había crecido con el crepúsculo.

Un poco fatigados por el calor, nos sentamos en una banca, y frente a nosotros pasaban, en bandadas, las hermosas muchachas, vestidas de flotantes muselinas, moviéndose con esa cadencia muelle y blanda de la costa, que parece aprendida de la onda misma, de la onda, que también es mujer. ¿No dijo el poeta que la mujer era pérfida como la onda?

Y de pronto, cuando la animación llegaba al máximum, las notas resueltas, impetuosas, marciales, ¡eternas!, de *La Marsellesa*, sacudieron el aire...

Gorius, como electrizado, se puso en pie y yo me puse en pie también.

Se quitó el sombrero con movimiento trémulo, y yo también descubrí mi cabeza.

¿No es *La Marsellesa* el canto triunfal de todos los pueblos redimidos?

¡*La Marsellesa*, como el himno patrio, siempre debe oírse de pie!

Era inefable lo que pasaba por los húmedos ojos del amigo: pasaba la *fierté* de la raza, que tiembla y rojea, en la cresta del gallo galo; pasaban todas las ternuras, los amores todos. Pasaban las legiones de soldados que dominaron el mundo y las legiones de sabios, de artistas y de poetas que lo conquistaron definitivamente para la inteligencia...

La mirada de mi amigo era ¡toda la Francia!, como el pífano de Cyrano era toda la Gascuña.

Los paseantes, las mujeres en especial, observábanle entre conmovidos y sorprendidos.

En los rostros de los alemanes mismos, que formaban buena parte de la concurrencia masculina, había una cortés simpatía para aquel muchacho que, erguido, altivo, con la mirada centelleante, escuchaba el himno inmortal de la Patria Francesa, que es la gran Patria de la Humanidad.

Y yo, tan absorto como él y satisfecho de mi ingenuo complot, oía cantar *La Marsellesa* dentro de mi corazón.

Los mudos

Aquella tarde, en el paseo, llamó mi atención un grupo original.

Formábalo una mujer, joven aún, como de treinta y cinco años, en cuyas sienes ensortijábanse raros hilos de plata, y dos hombres como de treinta, altos, esbeltos, elegantes los tres.

La dama o señorita parecíaseles en extremo. Hubiera sido ocioso preguntar si eran hermanos y hermana.

Marchaban, ella entre los dos, silenciosamente, tanto que, según pude observar durante largo rato, no cruzaron una sola palabra.

Sus rostros impasibles tenían no sé qué rigidez en ellos, y en ella no sé qué expresión lejana y como nostálgica.

Ellos eran rubios, ella morena, con ojazos negros, luminosos y tristes.

El extraño grupo no se apartó de mi imaginación durante buena parte de la noche.

No creo exagerar si digo que a costa suya, y con ellos como esenciales personajes, forjé dos o tres novelas misteriosas y complicadas...

La realidad era, sin embargo, sencilla, como todas

las realidades, y la supe pocos días después, en el salón de la marquesa de..., donde en calidad de compatriota fui presentado a la mujer enigmática y estreché la diestra de sus hermanos silenciosos.

Sencilla era la realidad, sí, y conmovedora: aquella mujer, hermana, en efecto, de los dos jóvenes (gemelos éstos y sordomudos), pertenecía a una opulenta familia de la provincia mexicana. Era la mayor de la casa y, huérfana de madre desde temprana edad, hacía sus veces con los dos hermanos impedidos.

Cuando su padre estuvo en trance de morir, llamóla a su lecho y díjole:

"Hija mía, voy a hacerte una súplica, a pedirte un sacrificio, acaso muy grande. Tú sabes cuánto quiero a Pedro y a Juan y cómo me inquieta su suerte. ¿Qué va a ser de ellos con su enfermedad, con ese muro impenetrable que los separa de la sociedad de sus semejantes y los deja inermes ante la lucha por la vida? No te cases, hija mía, hasta que estés segura de que no necesitan de ti. ¿Quieres darme esta prueba de cariño, mi María, a fin de que yo muera en paz?"

Ella, rodeando suavemente con sus brazos la cabeza del moribundo, juró que así lo haría; aceptó, con ese espíritu de sacrificio innato en nuestras mujeres hispanoamericanas, la maternidad espiritual que se le confiaba.

Pasaron los años. La mamita era adorada por los hermanos mudos, celosos de su nunca desmentida solicitud, a un punto tal, que ni un instante se separaban de ella en las horas hábiles, e iban a su lado, como dos graves custodios, en los paseos y reuniones.

... Pero un día, el amor llamó al corazón de aquella mujer.

El pretendiente era bueno, rico, gallardo, y la adoraba desde hacía tiempo, de lejos.

La mamita vaciló... Cierto que sus hermanos aún no habían cumplido la mayor edad y apenas podían valerse... pero aquel cariño era imperioso.

Él, viéndola dudar, insistió. La pobre muchacha, ante las súplicas del hombre amado, debatíase penosamente. Al fin resolvió consultar con los mudos, recabar su consentimiento, pedirles que le devolviesen su derecho a ser feliz...

Mas apenas la hermosa mano alargada, la fina y noble mano figuró las primeras letras del usual alfabeto del abate de L'Epée, por medio del cual se entendían, los mudos palidecieron hasta la muerte, cayeron de rodillas a sus pies, asiéronse a sus ropas, y con inarticulados y discordantes gritos de guturales rispideces y con ojos enormemente abiertos en que se leían la ira, el espanto, los celos, imploraron de la vestal que siguiese siéndolo hasta el fin...

Sus almas enfermas, medrosas y pueriles, temblaban convulsivamente en cada uno de los miembros de sus cuerpos.

María tuvo piedad... Cerró los ojos; irguió la cabeza; apretó con sus manos frías de angustia las manos convulsas y febriles de los gemelos... y éstos comprendieron con regocijado egoísmo de seres débiles, que estaban salvados, que el sacrificio se consumaba definitivamente...

Siguió el tiempo devanando su hilo misterioso, y aquella trinidad peregrina continuó en aparente calma por el sendero de la vida... no sin que en los ojos de ellos brillase el recelo a la menor mirada curiosa o tierna dirigida a María, no sin que los tristes y radiosos ojos de ella se clavasen de vez en cuando en una vaga e inaccesible lontananza, como para columbrar el ideal perdido...

La alabanza

El pícaro egoistón sabía de sobra lo que valía su mujer; pero se cuidaba desesperadamente de decirlo a nadie, y mucho menos a ella misma.

"Para mí solo —pensaba—: para mí solo esa gracia inefable que fluye de cada uno de sus movimientos, que florece en cada una de sus sonrisas. Para mí solo ese ritmo suave del andar. Para mí la entonación deliciosa de su voz. Para mí sus cualidades de ama de casa insustituible, y todos sus encantos secretos y todas las armonías ocultas de su cuerpo y de su alma..."

Como vivían aislados, por tendencia invencible de carácter en los dos, el "usufructo", llamémosle así, de cuanto valía Elena, era de Manuel. Nadie podía siquiera rendir a aquella mujer excepcional el elogio secreto que se imponía al alma en cuanto se la trataba.

La vanidad femenina, o la intuición, tienen empero, han tenido siempre, grandes aciertos, y es claro que Elena sabía que era graciosa, que era discreta, que valía mucho. Pero como jamás una alabanza de su marido (a quien adoraba), ni un cumplido de los extraños, a quienes no veía casi, venían a corroborar su interior dictamen; como Manuel, por otra parte, era el espejo por excelencia en que ella se veía, acabó la pobre por dudar de sus encantos y hasta por olvidar que los tenía.

Iba viviendo como una Cenicienta, a quien ningún príncipe había rendido aún homenaje, a quien ninguna admiración había revelado todavía la maravillosa pequeñez de su chapín de cristal.

¡Cómo gozaba el egoistón cada vez que un encanto nuevo surgía a flor de piel en aquella rosa divina!

Tal inflexión, hasta entonces no oída, de la voz; tal cadencia no escuchada aún en el cristal de la risa; tal gallardía no vista del movimiento; tal gesto antes no percibido, llenábanle de satisfacción infinita.

—¡Para mí solo! ¡Para mí solo en la intimidad absoluta de mi hogar...! Esto nadie lo ve, esto nadie lo sabe, esto nadie lo cata ni embelesa a nadie: ¡para mí solo! —repetía.

Y con el miedo infame de que ella se diese cuenta de la admiración que inspiraba y "se ensoberbeciese", a veces, ante las gracias más impensadas y arrobadoras, se acorazaba él de frialdad.

—¡Se diría que te fastidio! —insinuó ella tristemente, en cierta ocasión, cuando, después de narrar a su marido con encanto infinito algunas sencillas escenas de su infancia, sólo halló por respuesta una como vaga sonrisa deferente.

Y el odioso egoísta, en vez de caer a sus plantas, de abrazarse a sus rodillas, de decirle:

"¡Al contrario, bien mío, me embelesas, eres adorable en todo; te idolatro!", se contentó con un: "¡Ah! ¡no por cierto!" de leve sorpresa cortés.

... Pero el castigo no se hizo esperar. ¡Oh!, Dios mío, cuando los hombres no aprecian tus dones más preciosos, tú no te enojas, no se los retiras simplemente, porque no conviene "arrojar margaritas a los cerdos".

Y Elena cayó enferma, y su enfermedad fuese agravando... agravando.

Entonces el egoistón aquel se volvió loco.

¡Perder tamaña maravilla! ¡Ver secarse tan milagroso lirio! ¡Comprender como nadie el valor portentoso de aquel ser, todo hecho de gracias, y entregárselo para siempre a la muerte!

¡Oh, sí, el castigo fue proporcionado a la culpa!

Vínole entonces el tardío, pero, por eso mismo, imperioso deseo de hacer justicia, y en un momento en que la enferma estaba serena, reclinada en sus almohadones, mirándole con aquellos sus santos ojos claros y grandes, llenos ya del invasor misterio de la muerte, él se arrodilló a los pies de la cama, cogióle la diestra afilada y temblorosa, besóla con transporte y exclamó:

—Amor mío, es preciso que vivas para que yo te quiera más que nunca y te mime más que nunca y te diga todo lo que eres, todo lo que has sido para mí, el culto celeste que te rendí siempre en lo vedado de mi alma, la estimación sin límites en que tuve tus menores actos...

"Amor mío, yo no he sido más que un espejo que

recibe en su hondura todos los detalles de una imagen y que milagrosamente se regocija de ellos, pero que no responde a aquel don sino con su aparente serenidad de cristal. Nadie te ha amado como yo y nadie ha aquilatado más todas tus gracias. Llena de gracia eres y derramando gracias has pasado por mi existencia. Todos mis instantes te han dicho: '¡bienvenida!' Todas mis horas te bendijeron, amor...

"Pero tuve miedo —un miedo espantoso de perderte si te mostraba esta adoración—. Te juzgué capaz de un envanecimiento natural; temblé ante la idea de que me hallases inferior a la excelencia que yo confesaba en ti... y callé, callé cobardemente, callé con un goce íntimo y celoso, de todos los minutos... ¡Estos labios que tantas veces debieron cantar tus alabanzas, se volvieron de piedra para el elogio; ellos que eran tan ávidos para la caricia! ¡Perdón, amor, perdón, y vive! Es fuerza que vivas. No te vayas, tú, el más alto, el más noble, el más puro e inmerecido galardón de mis días. Vive y yo iré diciendo por todas partes tus loores. Vive y te escribiré un libro; un libro para ti sola; un libro digno —te lo juro— de ti."

Los sollozos dijeron lo demás.

Ella apartó suavemente su diestra de la mano trémula de su marido y la posó en la cabeza de éste, con movimiento de ternura casta y discreta. Llena ya de esas justas y sosegadas apreciaciones que da la muerte:

—Hijito —dijo poniendo una indecible ternura de

maternidad espiritual en su voz—, no te tortures así. Yo no tenía quizá más encanto que el que me daba tu cariño, y, si lo tuve, volverá al venero eterno de donde manan todas las bellezas y todos los bienes. Si tú fuiste un cristal, yo no fui sino el reflejo de una luz. Cuando me haya muerto, escribe, sin embargo, el libro. Yo ya no podré envanecerme de él aunque me fuese dado leerlo, invisiblemente, sobre tu hombro; pero Dios será loado en una de sus criaturas.

Y no dijo más; pero en su mirada, en que luchaban ya la luz y las sombras, tembló la última lágrima, como postrer piedra preciosa del collar de aquella vida incomparable.

El "Ángel Caído"

*Cuento de Navidad dedicado
a mi sobrina María de los Ángeles*

Érase un ángel que, por retozar más de la cuenta sobre una nube crepuscular teñida de violetas, perdió pie y cayó lastimosamente a la Tierra.

Su mala suerte quiso que, en vez de dar sobre el fresco césped, diese contra bronca piedra, de modo y manera que el cuitado se estropeó un ala, el ala derecha por más señas.

Allí quedó despatarrado, sangrando, y aunque daba voces de socorro, como no es usual que en la Tierra se comprenda el idioma de los ángeles, nadie acudía en su auxilio.

En esto acertó a pasar no lejos un niño que volvía de la escuela, y aquí empezó la buena suerte del caído, porque como los niños sí suelen comprender la lengua angélica (en el siglo XX mucho menos, pero en fin...) el chico allegóse al mísero, y sorprendido primero y compadecido después, tendióle la mano y le ayudó a levantarse.

Los ángeles no pesan, y la leve fuerza del niño bastó y sobró para que aquél se pusiese en pie.

Su salvador ofrecióle el brazo y vióse entonces el más raro espectáculo: un niño conduciendo a un ángel por los senderos de este mundo.

Cojeaba el ángel lastimosamente, ¡es claro! Acontecíale lo que acontece a los que nunca andan descalzos: el menor guijarro le pinchaba de un modo atroz. Su aspecto era lamentable. Con el ala rota dolorosamente plegada, manchado de sangre y lodo el plumaje resplandeciente, el ángel estaba para dar compasión.

Cada paso le arrancaba un grito; los maravillosos pies de nieve empezaban a sangrar también.

—No puedo más —dijo al niño.

Y éste, que tenía su miaja de sentido práctico, respondióle:

—A ti (porque desde un principio se tutearon), a ti lo que te falta es un par de zapatos. Vamos a casa, diré a mamá que te los compre.

—¿Y qué es eso de zapatos? —preguntó el ángel.

—Pues mira —contestó el niño mostrándole los suyos—, algo que yo rompo mucho y que me cuesta buenos regaños.

—Y yo he de ponerme eso tan feo...

—Claro... ¡o no andas! Vamos a casa. Allí mamá te frotará con árnica y te dará calzado.

—Pero si ya no me es posible andar... ¡cárgame!

—¿Podré contigo?

—¡Ya lo creo!

Y el niño alzó en vilo a su compañero, sentándolo en su hombro, como lo hubiera hecho un diminuto San Cristóbal.

—¡Gracias! —suspiró el herido—; qué bien estoy así... ¿Verdad que no peso?

—¡Es que yo tengo fuerzas! —respondió el niño con cierto orgullo y no queriendo confesar que su celeste fardo era más ligero que uno de plumas.

En esto se acercaban al lugar, y os aseguro que no era menos peregrino ahora que antes el espectáculo de un niño que llevaba en brazos a un ángel, al revés de lo que nos muestran las estampas.

Cuando llegaron a la casa, sólo unos cuantos chicuelos curiosos les seguían. Los hombres, muy ocupados en sus negocios, las mujeres que comadreaban en las plazuelas y al borde de las fuentes, no se habían percatado de que pasaban un niño y un ángel. Sólo un poeta que divagaba por aquellos contornos, asombrado, clavó en ellos los ojos y sonriendo beatamente los siguió durante buen espacio de tiempo con la mirada... Después se alejó pensativo...

Grande fue la piedad de la madre del niño cuando éste le mostró a su alirroto compañero.

—¡Pobrecillo! —exclamó la buena señora—; le dolerá mucho el ala, ¿eh?

El ángel, al sentir que le hurgaban la herida, dejó oír un lamento armonioso. Como nunca había conocido el dolor, era más sensible a él que los mortales, forjados para la pena.

Pronto la caritativa dama le vendó el ala, a decir verdad con trabajo, porque era tan grande que no bastaban los trapos, y más aliviado, y lejos ya de las piedras del camino, el ángel pudo ponerse en pie y enderezar su esbelta estatura.

Era maravilloso de belleza: Su piel translúcida parecía iluminada por suave luz interior y sus ojos, de un hondo azul de incomparable diafanidad, miraban de manera que cada mirada producía un éxtasis.

—Los zapatos, mamá, eso es lo que le hace falta. Mientras no tenga zapatos, ni María ni yo (María era su hermana) podremos jugar con él —dijo el niño.

Y esto era lo que le interesaba sobre todo: jugar con el ángel.

A María, que acababa de llegar también de la escuela, y que no se hartaba de contemplar al visitante, lo que le interesaba más eran las plumas; aquellas plumas gigantescas, nunca vistas, de ave del paraíso, de quetzal heráldico... de quimera, que cubrían las alas del ángel. Tanto que no pudo contenerse, y acercándose al celeste herido, sinuosa y zalamera, cuchicheóle estas palabras:

—Di, ¿te dolería que te arrancase yo una pluma? La deseo para mi sombrero...

—Niña —exclamó la madre, indignada, aunque no comprendía del todo aquel lenguaje.

Pero el ángel, con la más bella de sus sonrisas, le respondió extendiendo el ala sana.

—¿Cuál te gusta?

—Esta tornasolada...

—¡Pues tómala!

Y se la arrancó resuelto, con movimiento lleno de gracia, extendiéndola a su nueva amiga, quien se puso a contemplarla embelesada.

No hubo manera de que ningún calzado le viniese al ángel. Tenía el pie muy chico, y alargado en una forma deliciosamente aristocrática, incapaz de adaptarse a las botas americanas (únicas que había en el pueblo), las cuales le hacían un daño tremendo, de suerte que claudicaba peor que descalzo.

La niña fue quien sugirió, al fin, la buena idea:

—Que le traigan —dijo— unas sandalias. Yo he visto a San Rafael con ellas, en las estampas en que lo pintan de viaje, con el joven Tobías, y no parecen molestarle en lo más mínimo.

El ángel dijo que, en efecto, algunos de sus compañeros las usaban para viajar por la Tierra; pero que eran de un material finísimo, más rico que el oro, y estaban cuajadas de piedras preciosas. San Crispín, el bueno de San Crispín, fabricábalas.

—Pues aquí —observó la niña— tendrás que contentarte con unas menos lujosas, y date de santos si las encuentras.

Por fin, el ángel, calzado con sus sandalias y bastante restablecido de su mal, pudo ir y venir por toda la casa.

Era adorable escena verle jugar con los niños. Parecía un gran pájaro azul, con algo de mujer y mucho de paloma, y hasta en lo zurdo de su andar había gracia y señorío.

Podía ya mover el ala enferma, y abría y cerraba las dos con movimientos suaves y con un gran rumor de seda, abanicando a sus amigos.

Cantaba de un modo admirable, y refería a sus dos oyentes historias más bellas que todas las inventadas por los hijos de los hombres.

No se enfadaba jamás. Sonreía casi siempre, y de cuando en cuando se ponía triste.

Y su faz, que era muy bella cuando sonreía, era incomparablemente más bella cuando se ponía pensativa y melancólica, porque adquiría una expresión nueva que jamás tuvieron los rostros de los ángeles, y que tuvo siempre la faz del Nazareno, a quien, según la tradición, "nunca se le vio reír y sí se le vio muchas veces llorar".

Esta expresión de tristeza augusta fue, quizá, lo único que se llevó el ángel de su paso por la Tierra...

¿Cuántos días transcurrieron así? Los niños no hubieran podido contarlos; la sociedad con los ángeles, la familiaridad con el Ensueño, tienen el don de elevarnos a planos superiores, donde nos sustraemos a las leyes del tiempo.

El ángel, enteramente bueno ya, podía volar, y en sus juegos maravillaba a los niños, lanzándose al espacio con una majestad suprema; cortaba para ellos la fruta de los más altos árboles, y, a veces, los cogía a los dos en sus brazos y volaba de esta suerte.

Tales vuelos, que constituían el deleite mayor para los chicos, alarmaban profundamente a la madre.

—No vayáis a dejarlos caer por inadvertencia, señor Ángel —gritábale la buena mujer—. Os confieso que no me gustan juegos tan peligrosos...

Pero el ángel reía y reían los niños, y la madre acababa por reír también, al ver la agilidad y la fuerza con que aquél los cogía en sus brazos, y la dulzura infinita con que los depositaba sobre el césped del jardín... ¡Se hubiera dicho que hacía su aprendizaje de Ángel Custodio!

—Sois muy fuerte, señor Ángel —decía la madre, llena de pasmo.

Y el ángel, con cierta inocente suficiencia infantil, respondía:

—Tan fuerte, que podría zafar de su órbita a una estrella.

Una tarde, los niños encontraron al ángel sentado en un poyo de piedra, cerca del muro del huerto, en actitud de tristeza más honda que cuando estaba enfermo.

—¿Qué tienes? —le preguntaron al unísono.

—Tengo —respondió— que ya estoy bueno; que no hay ya pretexto para que permanezca con vosotros...; ¡que me llaman de allá arriba, y que es fuerza que me vaya!

—¿Que te vayas? ¡Eso, nunca! —replicó la niña.

—¡Eso, nunca! —repitió el niño.

—¿Y qué he de hacer si me llaman...?

—Pues no ir...

—¡Imposible!

Hubo una larga pausa llena de angustia.

Los niños y el ángel lloraban.

De pronto, la chica, más fértil en expedientes, como mujer, dijo:

—Hay un medio de que no nos separemos...

—¿Cuál? —preguntó el ángel, ansioso.

—Que nos lleves contigo.

—¡Muy bien! —afirmó el niño palmoteando.

Y con divino aturdimiento, los tres pusiéronse a bailar como unos locos.

Pasados, empero, estos transportes, la niña quedóse pensativa, y murmuró:

—Pero ¿y nuestra madre?

—¡Eso es! —corroboró el ángel—; ¿y vuestra madre?

—Nuestra madre —sugirió el niño— no sabrá nada... Nos iremos sin decírselo..., y cuando esté triste, vendremos a consolarla.

—Mejor sería llevarla con nosotros —dijo la niña.

—¡Me parece bien! —afirmó el ángel—. Yo volveré por ella.

—¡Magnífico!

—¿Estáis, pues, resueltos?

—Resueltos estamos.

Caía la tarde fantásticamente, entre niágaras de oro.

El ángel cogió a los niños en sus brazos, y de un solo ímpetu se lanzó con ellos al azul luminoso.

La madre en esto llegaba al jardín, y toda trémula vióles alejarse.

El ángel, a pesar de la distancia, parecía crecer. Era tan diáfano, que a través de sus alas se veía el Sol.

La madre, ante el milagroso espectáculo, no pudo ni gritar. Quedóse alelada, viendo volar hacia las llamas del ocaso aquel grupo indecible, y cuando, más tarde, el ángel volvió al jardín por ella, la buena mujer estaba aún en éxtasis.

Un mendigo de amor

I

Joven, soltero, sin familia y rico, ¿qué más podía desear Carlos?

Una voz insidiosa, cuando las pasiones empezaron a despertarse en el alma del joven, susurró al oído de éste:

—Eres omnipotente... ¡con dinero se compra todo!

Carlos meditó un momento; ¡qué horizontes tan radiosos se abrían ante su vista!

—Con dinero se compra todo —dijo sonriendo—, pues compremos amistad.

Y aquel Creso joven se constituyó en anfitrión de numerosos elegantes que seguían sus pasos por dondequiera.

Diariamente sentábase a su mesa aquella elegante corte, y entre el ruido de los corchos que saltaban y las risas bulliciosas, prolongábase el festín.

Pero Carlos no estaba satisfecho. Había leído que más hermosa que la amistad era la gratitud.

—Compremos la gratitud —se dijo entonces.

Y repartió bienes a diestra y siniestra; fue la providencia de muchos desheredados, y no hubo inopia que le tendiese las manos suplicantes sin sentirlas colmadas de dones.

El nombre de Carlos era pronunciado con transportes de agradecimiento por los miserables. Poseía lo que había buscado.

Y, sin embargo, no le bastaba.

—Tengo amistad y gratitud —exclamó—. Pero me falta algo; ¡compraré gloria!

Y fue Mecenas de cien poetas y escritores que le laudaron en periódicos y libros, en biografías y odas. Y todos los que leían su nombre convenían en que era Carlos un talento en flor, que en lo futuro daría óptimos frutos; de un temperamento artístico delicadísimo, de una concepción rápida y singular.

No obstante —¡oh insaciable corazón humano, tonel de las Danaidas, jamás ahíto!—, Carlos no era feliz.

—Me falta el poder —pensó.

El dinero crea influencias y simpatías de los grandes, y no le fue difícil conseguir a nuestro hombre un alto puesto en la administración.

—Joven, rico, lleno de amigos, de gratitud, de gloria y de poder, ¿qué puede hacerme falta, qué necesito? —clamó.

Y una voz doliente que surgía en el silencio de su alma, murmuró suspirando: ¡Amor!

—¡Amor! —repuso Carlos, sintiendo en su mente

toda una revelación de mundos desconocidos—. ¡Amor! Sí; el sentimiento que todo lo anima, que todo lo alumbra, que todo lo aroma... Eso me falta.

Y añadió resuelto:

—¡Compremos amor!

II

Era María una hermosa morena; de esas que el diablo —personaje de indiscutible gusto— hubiera querido para sí.

Carlos la amó con delirio, con todo el vigor de un alma virgen y soñadora; y María, deslumbrada por la posición del joven, se dejó querer complacida.

No pasaba un día sin que nuestro héroe llevase a su adorada, como brillante testimonio de aquel cariño que llenaba su vida, alguna rica alhaja; ya el nutrido collar de esmeraldas que relampagueaban como pupilas de ondinas apasionadas; ya la espléndida *rivière* de diamantes que se descomponían en divinos carubiantes al beso de la luz; ya el anillo que parecía una estrella diminuta encadenada en virtud de poderoso conjuro a la diestra de la encantadora niña.

—¿Me amas? —preguntaba Carlos a su novia a todas horas. Y ella, mirando fascinada la pedrería que parpadeaba en su pecho, en su cabellera y en sus manos como bandada de luciérnagas presas, respondía:

—¡Mucho!

Entonces, la voz del alma, aquella triste voz que ya había oído Carlos, decía a éste:

—¡Insensato! Ama más a tus joyas que a ti...

Carlos, desesperado, concluyó por abandonar a su ídolo.

Y como el ara quedó sola, buscó otro dios que sustituyese al primero.

III

Fue Eloísa delicada rubia a quien nuestro amigo amó con más pasión tal vez que a la primera.

Y una noche, al acercarse a la ventana testigo de sus citas, advirtió que su amada llevaba traje de baile.

—¡Cómo! —dijo sorprendido—. ¿Vas a bailar acaso?

—Sí, bien mío.

—¡Y yo que creía pasar algunas horas a tu lado!

—No puedo complacerte.

—¡Ah! ¡No vayas!

—Estaría triste; amo tanto el salón cuajado de luces, la música apasionada que vibra dulcemente, el lánguido balanceo del vals...

Carlos se alejó de allí diciendo melancólicamente:

—¡Quiere más al mundo que a mí!

Surgió otra vez en aquellos instantes la voz doliente de su espíritu:

—¡Necio! ¡Necio...! El amor no se compra...

IV

Carlos renunció a la riqueza, a la amistad, a la gloria; vistió humilde traje de burgués, y como si se hubiese quitado un enorme peso de encima, salió de su palacio ligero y casi feliz, repitiendo:

—El amor no se compra...

Era de noche, y a poco andar halló en el umbral de una puerta una pareja de obreros que se acariciaban; en el alambre de una línea telegráfica, dos golondrinas rezagadas, pegada una a la otra, dormían...

—Yo seré amado como ese obrero... Yo tendré compañera como una de esas golondrinas —murmuró.

Poco después tropezó con una mendiga joven y hermosa:

—¿Quieres darme un poco de cariño? —le dijo.

—¡Quién piensa en el cariño cuando se tiene hambre! —contestó la mendiga volviéndole la espalda.

V

Carlos vagó toda la noche por la ciudad, dialogando desesperado con el destino, con el infortunio, con la sombra...

Cuando surgió la luz primera el infeliz estaba loco... Iba de puerta en puerta despertando a los vecinos; le abrían, y entonces gritaba con voz lastimera:

—¡Un poco de cariño por el amor de Dios...!

¡Si el pobre loco hubiese tenido entonces una madre...!

Santa Isabel

Cuando expiró, no sé quién de los presentes dijo, con cierta indiferencia semicompasiva:

—Ya cesó de sufrir.

Y confieso que nunca en la vida una frase ha tenido para mí mayor significación que aquella tan trivial, ni me ha conmovido más:

—Ya cesó de sufrir.

Como una cinta cinematográfica, se desarrolló ante mí la vida toda de la mártir.

A los doce años, cuando empezaba a volverse mujer y sentía en su corazón todo el retoñar de la primavera, fue invadiéndola una parálisis progresiva, implacable, contra la cual luchó en vano la ciencia.

Después de innumerables tanteos dolorosos, curaciones varias (hidroterapia, electroterapia, inyecciones intramusculares, ¡qué sé yo!), la pobrecita estaba peor que antes, y hubo que sentarla en el gran sillón de ruedas, donde debía ya pasar su existencia. De la cintura para abajo, Isabel estaba muerta. De la cintura para arriba, vivía. Sus manos, tan finas, tan aristocráticas, conservaron su agilidad siempre, y pudo dedicarse a labores varias, casi siempre para los pobres: a hacer encaje de bolillos, a labrar flores artificiales, a bellos trabajos de tapicería, y, largos ratos, a la lectura..., hasta que, pasados algunos años, su vista, siempre débil, se fue extinguiendo, para dejarla en una semiceguera que le impidió ya casi todo trabajo, fuera de algunos bordados sencillos, de gancho, que ejecutaba maquinalmente.

Antes de enfermar, Isabel tenía un carácter dulce, embeleso de cuantos la conocían. Su enfermedad no sólo no agrió aquella disposición, sino que la dulcificó sobremanera.

¡Ni una queja! No recuerdo jamás, en los largos años que vivió a mi lado, que se quejase.

Al contrario, cuando alguno de sus hermanos o de los míos estaba triste, era ella la que encontraba palabras y recursos para consolarle. Llamábanla todos "el paño de lágrimas de la casa".

Cuando yo me casé con María, la hermana menor de Isabel, ésta fue a vivir con nosotros. María, como condición esencial para otorgarme su mano, puso la de que jamás se separaría de Isabel.

—No tiene otro apoyo que el mío—me dijo—. Mi madre me la encomendó al morir, y he de ser su más cariñosa enfermera.

Yo no tuve reparo en acceder: en primer lugar, porque aquella resolución de María la aquilataba ante mis ojos y me hacía estimarla sobremanera, y en segundo, porque la dulzura y paciencia de Isabel me subyugaban y me daban un alto concepto de la vida.

64

Bendigo esta mi resolución, pues si María ha sido la compañera ideal de mi existencia, aquella que se encuentra una sola vez por misericordia del Destino, Isabel ha sido el Ideal mismo, más allá de todas las pequeñeces del mundo; la maestra moral más grande que yo haya podido soñar.

Viéndola, contemplándola en aquel sillón de tortura, sin proferir la más leve queja, sonriente siempre, bondadosa, contentándose de todo, agradecida a la amabilidad más tenue, respondiendo a la menor gentileza con aquel hermosísimo timbre de su voz, que al decir "muchas gracias" parecía acariciar el oído con la música más deliciosa, comprendí hasta dónde puede llegar la excelencia humana, y qué cosas admirables forja Dios con este barro de que fuimos hechos.

Cuando sus grandes y hermosos ojos pardos fueron debilitándose al grado de no poder ya distinguir las letras de los libros, yo tuve un movimiento de compasión incontenible.

—¡Pobrecita mía! —exclamé—; ¿y ahora qué vas a hacer...?

—Tú me leerás bellas páginas de vez en cuando —me respondió con la más dulce de sus sonrisas—, y haré labores fáciles, que me ocuparán y divertirán.

Desde aquel día, una hora por la mañana y otra hora por la tarde, cuando menos, yo fui su lector.

Con qué afán buscaba en las librerías todas las cosas nobles y delicadas, que pudieran, al propio tiempo que gustarla, saciar la sed de alteza de su alma preciosa.

Creo que nunca he leído más sabrosamente, con más amor, con más alegría que aquellas horas.

—¡Qué bueno eres!—decíame ella, y yo sentía que aquella exclamación era el mejor premio de mi vida.

No recuerdo desde que vivió en mi casa y pude conocer la calidad de su espíritu, haber dejado de consultarla jamás en todos mis problemas, en todas las dificultades de mi vida.

Nada hice nunca sino después de oír su dictamen, expresado con suma sencillez, sin pretensiones de ninguna clase, humildemente, afectuosamente.

El influjo de su alma sobre la mía, blando y maternal influjo, ¡ay!, que he perdido para siempre, era de tal suerte apaciguador, serenador, que aun ahora me basta ver su retrato, mirar sus grandes ojos —que fueron tan luminosos, y a los que presta luz en el cartón mi recuerdo—, para sentirme inmediatamente tranquilizado, para encontrar que todo está bien, para esperar confiado y plácido el natural desenlace de las cosas.

Cuando la turbulencia de mis imaginaciones es excesiva, voy a su sepulcro, y me parece que de él emana instantáneamente un fluido de paz y de bienestar.

"Ya cesó de sufrir..."

Había muerto en su gran silla, con las níveas y santas manos sobre el pecho, sin proferir una queja, como había vivido.

Sus últimas palabras, dirigiéndose a mí, fueron éstas:

—Ni tú ni María os quedaréis solos... Yo seguiré con vosotros.

Moría pensando en los demás, según su celeste costumbre.

¡Cuán poco había pensado en sí misma!

... Cesó ya de sufrir... ¿Es que, en efecto, había sufrido tanto? Sí; mas no por ella, sino por los ajenos, por las penas de todos, con las cuales se había identificado; por las contrariedades y anhelos de mis hermanos inquietos, que siempre iban a contarle sus negocios y afanes; por las angustias de las amigas, cuyas intimidades ella sólo conocía; por los sufrimientos de los humildes, de la servidumbre, de los pobres que iban a verla.

Cesaba ya de sufrir; sí; pero por los otros...

Quién sabe —a veces he pensado en esto— si su propia parálisis, su reclusión, sus largas horas de soledad, sus dolores, eran un rescate por alguien, que ella había aceptado. Porque en su alma blanca no hubo jamás ni la sombra de la sombra de una mancha que purgar.

Las flores de que se la cubrió habían cumplido menos bien que ella el mandato del Padre, habían sido menos sumisas que ella a la ley, menos pacientes y silenciosas que ella ante los estrujamientos de la vida...

Pasó como una música, como una fragancia, como un consuelo...

Ella, que no podía moverse, era más alada que todas las cosas que vuelan.

Ella, que vivía en la penumbra, era más luminosa y radiante que todas las cosas que arden e iluminan.

La generosidad de mi destino fue muy grande permitiéndome vivir con aquella criatura augusta, serle útil, aliviar alguna vez su dolor con mis ternuras fraternales.

Cuanto más pienso en esta prerrogativa, más se desborda la gratitud de mi corazón, vaso muy breve para contenerla...

Quien como yo tuvo el privilegio de conocer a aquella hechura de un barro más noble que el nuestro, ya no tiene derecho a quejarse de ninguna dureza, de ningún aguijón de la existencia.

Por muchos años, a mi vida se le concedió ir al lado de la suya, y digo aún como el poeta Saadi: "Yo no soy más que una arcilla sin valor, pero viví algún tiempo con la rosa".

La habitación donde moró y murió nuestra "Santa Isabel" está aún tal cual estaba el último día de su preciosa vida, y muchas veces mi mujer y yo vamos a sentarnos al lado del vacío sillón de ruedas, y cogidas las manos, en la penumbra de la tarde, permanecemos allí, silenciosamente, largo rato, sintiendo que una paz sagrada, que una bondad divina, baja a nuestras frentes pensativas...

El signo interior

—Mi hermana Florencia —me contaba Mario— era la alegría de la casa y la tristeza de sí misma. Después de loquear, de reír, de travesear hasta perder aliento, tras haber divertido durante horas enteras a todos los chicos y chicas de la vecindad con sus ocurrencias y sus diabluras, de pronto íbase a un rincón y se echaba a llorar desconsoladamente.

—Yo no soy para esto —decía con un desánimo infinito—, yo soy para otra cosa...

—¿Y qué es ello?, ¿qué es esa otra cosa? ¿Jugar no constituye, por ventura, la ocupación, por excelencia de una niña de doce años como tú? —preguntóle en cierta ocasión nuestra tía Carlota.

Pero Florencia se limitó a contestar:

—Yo sé bien que no soy para eso...

Pasaron los años y aquel carácter frívolo, al parecer, atolondrado y voluble, no varió.

Florencia adoraba el baile. Iba a cuantas fiestas podía. Su perpetua movilidad, su risa fácil, su espíritu zumbón, su inventiva para urdir travesuras, le conquistaban muchas amigas.

—¡Con Florencia —decían— no se puede estar triste!

No se podía estar triste; pero ella sí tenía a menudo crisis profundas de tristeza.

Yo la acompañaba, por lo común, a las fiestas. Era su hermano predilecto. Y recuerdo que muchas veces, al volver a casa, después de haber bailado sin cesar hasta la madrugada y de haber reído a más y mejor, se dejaba caer en un diván y rompía en sollozos:

—¡Yo no soy para esto! ¡Yo no soy para esto!

Tuvo muchos pretendientes. Era muy bella: color blanquísima, ojazos negros, pelo castaño con reflejos encendidos, como de bronce; boca admirable, cuello largo, de curvas suavísimas; estatura más que mediana. Estaba hecha para encender pasiones. Era una de esas mujeres por quienes se llega a la locura de amor. Pero incapaz de una preferencia definida.

Un muchacho romántico, después de escribirle sinnúmero de cartas y de asegurarle que si no se casaba con él se mataría, dióse a la bebida y naufragó en el alcohol. Todavía a estas fechas irá dando tumbos en la noche por las mal alumbradas calles de mi ciudad natal.

Otro chico, más paciente y resuelto, después de insistir sin descanso, habló a mis padres y logró el permiso de visitar la casa. Florencia, acosada por aquel tozudo, acabó por ceder. Se pidió su mano y hasta se fijó plazo para la boda; pero desde aquella hora y punto mi hermana se puso nerviosísima y no hacía más que llorar.

—¡Yo no soy para eso! —repetía desolada.

—Criatura, todas las muchachas se ponen locas de gusto cuando van a casarse, y más si encuentran un novio como el tuyo, una excelente persona, por cierto —decíale la tía Carlota.

—¡Sí, pero yo no soy para eso!

Tanto lloró... ¡que no se casó!

El novio fue despedido de la manera más cortés del mundo. El pobre ya había hecho bordar toda la canastilla de bodas, los manteles, las toallas, las servilletas, con la inicial del nombre de su futura. Las efes campaban por todas partes, enormes en los manteles, medianas en las fundas de las almohadas, diminutas en los pañuelos...

Como habían sido bordadas a conciencia, no había medio de pensar en sustituirlas, y el infeliz tuvo que buscar una novia cuyo nombre empezase con efe. Acabó por casarse con Paquita Pérez...

Naturalmente, aquellos dos fracasos ruidosos excitaron a los pretendientes, en vez de acobardarlos, y Florencia tuvo a porrillo aspirantes a su bella mano (muy blanca, muy larga y bien modelada que la tenía, en efecto). Pero todo fue en vano. Ella, a cada petición solemne de relaciones, contestaba con su eterno:

—Yo no soy para eso.

Seguía, empero, yendo a las fiestas, bailaba hasta sofocarse... y volvía llorando a casa como de costumbre.

Leía poco. Su imaginación turbulenta no se avenía con el reposo de los libros; pero a veces un verso, un pensamiento, dejábanla ensimismada durante largo rato.

Un día de su santo, yo le hice un regalo muy preciado en aquellos tiempos de Maricastaña: un hermoso álbum.

Lo recibió con gran entusiasmo y empezó a pedir a sus amigos pensamientos, versos, dibujos.

El álbum se iba llenando a ojos vistas de la más cumplida pacotina literaria y artística, de la más corriente chaquira intelectual, hasta que el obispo, a quien se le envió también, reservándole una página de honor, puso con grandes letras, en latín, este pensamiento del sabio y santo prelado de Hipona: ¡FECISTE NOS A TE, DOMINE, ET INQUIETUM EST COR NOSTRUM NECREQUIESCATIN TE!

Muy intrigada Florencia, fue a mi cuarto con el álbum abierto en aquella página.

—¿Qué quiere decir? —me preguntó—. Yo casi lo traduzco: pero temo equivocarme.

—Quiere decir: NOS HICISTE PARA TI, SEÑOR, Y NUESTRO CORAZÓN ESTARÁ INQUIETO HASTA QUE NO REPOSE EN TI...

Se quedó pensativa, muy pensativa...

—Apúntame abajo la traducción —me pidió.

Así lo hice y llevóse el álbum, apretándolo, entrecerrado, contra el pecho, con el índice de la siniestra metido como señal en la consabida página.

A la mañana siguiente me la encontré en un rincón del jardín, repitiendo:

—¡Nos hiciste para ti, Señor, y nuestro corazón estará inquieto hasta que no repose en ti!

Pasados algunos días, durante los cuales Florencia, con asombro de toda la casa, permaneció tranquila en su habitación, sin ocurrírsele ninguna travesura, ni siquiera una zumba para sus hermanos, una tarde —no lo olvidaré nunca— llevándome con misterio al rinconcito del jardín ya mencionado, me dijo casi al oído:

—¡Ya sé para que soy!

Y me repitió la sentencia de San Agustín, con inflexiones misteriosas en la voz metálica: ¡NOS HICISTE PARA TI, SEÑOR, Y NUESTRO CORAZÓN ESTARÁ INQUIETO HASTA QUE NO REPOSE EN TI!

Había una solemnidad sencilla, casi augusta, en su ademán y en sus ojos.

—¿Qué vas a hacer? —le pregunté.

—Irme a un convento.

Y yo, apretándola contra mi corazón, no pude menos que responderle en un impulso instintivo e incontenible.

—¡Haces bien!

Diecisiete años pasaron. Yo viajé mucho —añadió Mario—; resido hace lustros en Europa; y Florencia, de su convento de la provincia mexicana, me habría escrito a lo sumo en tan largo tiempo dos o tres cartas, exhortándome, como es de rigor, a "frecuentar los sacramentos" y "a vivir como un santo".

Pero las vicisitudes revolucionarias le hicieron salir de México con otras muchas religiosas, y la monjita vino a recalar en un vasto y umbroso monasterio de la villa y corte.

Allí he ido a verla tras dos espesas rejas.

El tiempo no ha logrado arar un solo surco en la claridad de su rostro juvenil. Sólo sus hermosos ojos, cansados, sin duda, de llorar ante un crucifijo, me miran apaciblemente tras de unas gafas prosaicas.

Su hábito negro y su toca blanca le dan un aspecto de elegancia austera, muy de mi gusto.

Evocamos juntos los recuerdos de la infancia y repetimos las palabras para ella definitivas, las que fueron el "SÉSAMO, ÁBRETE" de su reino interior: "¡Señor, para ti nos hiciste, y nuestro corazón estará inquieto hasta que no repose en ti!"

—Tú, hermana —le digo—, elegiste LA MEJOR PARTE, como María Magdalena.

—Sí —me contesta sonriendo (y la monja que la acompaña le hace coro)—, ¡la mejor, la mejor parte!

—Fueron nuestras almas —añado— como dos príncipes de un cuento, los cuales, al llegar a cierta parte del bosque, encuéntranse frente a dos caminos: un príncipe toma el de la izquierda; el otro, el de la derecha... Yo tomé el camino del mundo, el ancho camino, del mundo, resonante de pisadas y de voces mutiles...

—Y yo —me interrumpe— el de la derecha, que es el camino verdadero.

—¿Y en qué conoces que es el camino verdadero?

—En que apenas empecé a andarlo sentí una gran alegría y una inmensa paz...

Y al salir de la visita —concluyó Mario—, pensaba yo que las últimas palabras de la monja resumían todas las conclusiones filosóficas; "el hallazgo de la verdad se revela en un signo interior inconfundible: la alegría espiritual", o, como dice William James en su ensayo sobre "El sentimiento de la racionalidad", ésta se conoce, como todas las cosas, en ciertos signos subjetivos que afectan al ser pensante. Percibir tales signos es comprender que se está en posesión de la racionalidad... Pero ¿y qué signos son éstos?

"¡DESDE LUEGO UN SENTIMIENTO MUY HONDO DE TRANQUILIDAD, DE PAZ, DE REPOSO!"

¡Feciste nos a te, Domine, et inquietum est cor nostrum donec requiescat in te!

Un superhombre

I

Enrique era un superhombre: todos sus amigos lo sabíamos de sobra.

Había leído a Nietzsche allá por el año de 1893, cuando empezaban a traducirlo, y se le había indigestado Zarathustra, *la voluntad de potencia, la moral de los amos y la moral de los esclavos, el olimpismo*, etc., etc., etc.

Como en el fondo era un buen muchacho, y se ponía contentísimo cuando creía escandalizarnos, yo, con frecuencia, me fingía escandalizado.

—¡Pero, Enrique —exclamaba—, qué estás diciendo! Eso es inmoral, profundamente inmoral...

—¡Vete a paseo con tu moral! —respondía él vehementemente y encantado de ensartar algunos nietzschismos—: la moral es antinatural; el hombre moral es un "principio negativo del mundo. El universo no es moral", etc., etc., etc.

—Enrique —le insinuaba yo alguna vez—, no hagas esto o aquello. Mira que puede ser peligroso.

—Hay que vivir peligrosamente —replicaba él con

ímpetu—. Hay que vivir en los riesgos para saborear la vida en su plenitud y aun para saber lo que es la vida. El gran secreto para hacer la existencia más fecunda, para alcanzar el mayor goce, es vivir peligrosamente. ¡Construyamos ciudades cerca del Vesubio! ¡Enviemos nuestros buques a los mares inexplorados! Vivamos en guerra con nuestros semejantes y con nosotros mismos. Seamos bandoleros y conquistadores mientras no podamos poseer.

¡Ay de quien hablaba delante de Enrique de las conveniencias sociales! "¡Tarántulas —vociferaba—, tarántulas! La sociedad no quiere más que dos cosas igualmente antinaturales: la Justicia y la Igualdad, y va hacia otra cosa que es abominablemente antiestética, es decir, antinatural también: la mediocridad, el aplanamiento. Escuchad a las tarántulas cómo hablan de justicia, es decir, de deseo de venganza... Odiosos bichos que quieren achicar y afear todo lo que es grande y bello..." "¡Pues el Estado! El Estado es peor que la Sociedad. El Estado es una inmoralidad organizada. Las colectividades han sido inventadas para hacer cosas que el individuo no tiene el valor de hacer".

Pero lo que más a pecho había tomado de Nietzsche era el "olimpismo". Enrique se había vuelto apolíneo y dionisíaco, según las circunstancias. Su vida —decía— era un mar de ecuanimidad, no obstante ser vida de lucha y de peligro. Nada podía enturbiarla. Flotaba por sobre todas las nubes, todas las cimas y todos los abismos. Ni Goethe —a quien Nietzsche había tomado por modelo— tenía ante la vida más imperturbabilidad que Enrique. En cuanto alguno de nosotros mostraba la menor emoción, el olimpismo enriqueño surgía desdeñoso:

—Estás alterado, hermano; ¿qué te pasa? Yo creo que tienes un poco de neurastenia... Sosiégate; aprende de mí. Yo "ni sudo ni me abochorno" por nada de este mundo... Ya sabes hermano, que en cualquier momento de inquietud puedes buscarme. Yo te tranquilizaré...

II

El superhombre tenía una novia, con quien no se casaba, primero, por odio a la fórmula, a lo preestablecido, y segundo, porque sólo disfrutaba él de un modesto empleo de cien pesos en un Ministerio.

Con ese dinero un superhombre y una superhembra difícilmente pueden vivir. La vida en la actualidad es cara, aun para los dioses.

Había acaso una tercera razón para que no se realizase este matrimonio, y es a saber: que la novia, impermeable al nietzschismo, incapaz de convencerse, a pesar de los argumentos de Enrique, de que eso del alcalde y el cura sólo fuese cosa de las tarántulas, sin valor moral alguno, pretendía que su novio se casase con ella por lo civil y por lo eclesiástico, como cualquier inferhombre de la ciudad.

—¡Parece mentira —comentaba Enrique— que la mujer sea tan refractaria a las ideas filosóficas! Con razón afirmaba Schopenhauer que la mujer es sólo un animalito a quien hay que engordar, encerrar y pegar... Yo no la considero sino como una máquina de amor y una acumuladora de instintos. No queráis asociarla a vuestras ideas; no pretendáis hacer de ella vuestra compañera espiritual, vuestra alma hembra. Goethe, que sabía bien estas cosas, usó de la mujer para sus experimentos como en los laboratorios se echa mano de un conejo de Indias:.. Goethe jamás amó. Tomó del amor la simple enseñanza. ¿No es el amor, por ventura, como la vida misma, objeto y materia del conocimiento?

A pesar de estas teorías —y sin confesarlo por miedo a dejar de ser dios— Enrique amaba a su novia. Pero yo, encantado de verle representar tan cándido e inocente papel, fingía creerle su olimpismo amoroso, y aun en cierta ocasión en que él notó en mí viva simpatía por una dama y me lo reprochó más desdeñosamente que de ordinario, le respondí casi con humildad:

—¡Qué quieres, mi buen Enrique, yo no soy más que un hombre! Amo, sufro, y hasta lloro como los hombres... ¡Quién me diera ser como tú, amigo mío! ¡Pero no a todos les es concedido el parentesco sublime con los dioses! No lo puedo remediar: sólo soy un hombre, y, como dijo el latino, todo lo humano me es peculiar.

—Tú siempre has sido débil de carácter —observó Enrique, y había en el tono de su voz no sé qué fraternal indulgencia—; pero, en suma, no tienes toda la culpa de ello. Hay que saber dirigir las pasiones como se dirige una máquina de cien caballos... "La grandeza del carácter no consiste en no tener pasiones, sino, al contrario, en poseerlas en alto grado", como afirmó el inmortal Federico, "encadenándolas, eso sí, a la voluntad". ¿Crees tú que yo no las tengo? Mis pasiones son formidables; mas yo les he dicho lo que Dios al mar, en el libro de Job: "Aquí llegarás, de aquí no pasarás y aquí estrellarás el orgullo de tus olas".

—¡Cómo te envidio, Enrique!

—¡Vamos! No hay que desmayar... ¡Quién dice que no llegarás tú, a fuerza de verme y oírme, a una altura, si no igual, por lo menos no muy inferior a la que mi espíritu ha conquistado...! Cuestión de entrenamiento. El aire de ciertas cimas es apenas respirable; pero, ¡qué diablos!, la naturaleza tiene plasticidades muy grandes.

III

Y aconteció que la novia de Enrique, tal vez cansada de tanta filosofía, pensando que primero es vivir y después filosofar, tal vez ansiosa de un marido que no pasara de la medida común acaso opinando, como la pastora del Quijote, que para los fines del matrimonio no es preciso que un hombre haya leído a Aristóteles (ni mucho menos a Nietzsche), plantó al superhombre de patitas en la calle. Éste, los primeros días, pretendió restañar la herida con vanidad...; pero la víscera dolía... Tras las abolladuras de la coraza se adivinaba el temblor de la entraña...

La buscada actitud del megalómano cedía ante la brutal simplicidad de los hechos... Y cierta noche, a la sazón que yo dormitaba en una poltrona después de la cena, el superhombre llamó a mi puerta, y, arrojando la máscara, se echó en mis brazos, sollozando... como lo que era: un pobre muchacho vencido por la vida.

¡Con qué simpatía lo acogí, y cómo, suavemente, fui insinuándole el valor y la belleza de una noble prerrogativa a que todos debemos aspirar: no ser más que hombres...!

No ser más que hombres, sí; sufrir como los hombres; creer, dudar, temer, anhelar, entristecerse y alegrarse como los hombres.

Nietzsche dijo: "Vivir peligrosamente"; pero Jesús nos había enseñado ya eso, y nos había enseñado, además, a vivir dolorosamente. "Si alguien quiere venir en pos de mí, niéguese a sí mismo, tome su cruz y sígame..."

No hay nada más de acuerdo con los fines del Universo que el dolor. Jamás un día en que se sufre es un día perdido. Esconder el dolor por snobismo, es mentecatez; ostentarlo, debilidad; sufrirlo sinceramente, grandeza.

Todo esto que cuento es, como dije, viejo ya de muchos años; viene de aquel ayer en que se oía la voz de Zarathustra, y en que la sombra del "Salomón negro" se proyectaba sobre tantas conciencias juveniles. Pero lo he recordado a propósito de uno de los presuntuosos apotegmas que suelen dirigirme los superhombres rezagados que me escriben: "Yo no me altero jamás", dice la frase por excelencia de cierta amistosa carta que tengo a la vista. Afirmación a la que he respondido modestamente: "Yo, en cambio, amigo mío, me altero, me renuevo, me transformo continuamente. Soy transmutable, como la materia y la fuerza, como la naturaleza prodigiosamente móvil que me rodea... En suma, ¡yo no soy más que un hombre!"

Índice

El Ángel Caído, de Amado Nervo,
fue impreso en julio de 2006, en
Q Graphics, Oriente 249-C, núm.
126, C.P. 08500, México, D.F.